小池ともみ 人生の詩

じゃがいもの旅烏《たびがらす》

小池ともみ

JDC

じゃがいもの旅がらす

土にまみれた
じゃがいも
泥んこの
じゃがいもが
ころころ　ころころ
ころびながら
生きてきた
じゃがいも人生
なんて　うつくしい

はじめに

北海道生まれのじゃがいも
友人が大切に育てた
じゃがいも
蒸器で蒸して
アツアツを　ふーふー
とてもおいしいコフキイモ
こんなにおいしいなんて
なんてドラマティック

ジャガイモの人生に重ねて思う
わたしの人生の詩

小池　ともみ

小池ともみ 人生の詩

じゃがいもの旅烏《たびがらす》

／もくじ

目次

じゃがいもの旅がらす 3

はじめに 4

小さな　じゃがいも

じゃがいもに見えますか 12

ふたりの時間 14

わたしの妹さん 16

しあわせの時間 18

満洲へ 20

じゃがいもの 旅立ち

旅立ち 24

大連のマーチョ 26

新しい家 27

満洲の小学一年生 28

転校 32

馬夫の愛 34

負け戦 36

ラジオの声 38

がんばる　じゃがいも

看護婦帽をかぶった　じゃがいも 42

日本人は野蛮人　44
十三歳の従軍看護婦　46
死にゆく兵士　50
ナイチンゲールになろう　53
生き残ることのできた童顔の兵士　54

ふるさとへ帰ろう
船に乗った　じゃがいも

ふるさとへ帰ろう　56
満鉄の列車　58
順番がくるまで　60
ありがとう　62
希望と地獄　64
あれが祖国日本です　70

じゃがいも の 心の旅立ち

心の旅　さあ　74
彼　78
ゴールデンボールふたつ　80
彼ほど　82
家族音楽会　84
それから十年　それから三年　86
一枚のメモ　88
小さな家族が　90

美大とへそくり　92
ラッキー　94

おいしい　じゃがいも　いかが

じゃがいもの明日　96
二〇一四年のバースデー　98
恋をした　102
お茶を一服　104
ベッドはわたしの仕事場　106
少し疲れているかも　108
わたしたち　いい関係　110
おばあちゃん　しあわせ　112
少女になります　115
大きな口をあけて大笑い　116
きれいな花　118
老婆　ふたり　120
母の言葉　122
父の言葉　124
HAPPY　END　126
出来事　128

おわりに

じゃがいもの旅烏　ありがとう　132

小さな　じゃがいも

じゃがいもに見えますか

やっと
じゃがいもに
見えまーす　ぐらいの
じゃがいもは
なにを見ても　なにを聞いても
たのしい
ころころ　ころころ
ころがって
ころころ　ころころ

ころがって
どんどん　どんどん
どんどん　どんどん
たのしみを
どんどん
見つけては
笑っているのです

ふたりの時間

わたし　五つ
「白い蛇は神様のお使いなのよ」
納屋に薪を取りに
すると小さな白い蛇
「あっ　このこだわ」
小さな白い蛇と　小さなわたし
すぐにお友だち
手の上に載せて撫でてやったり
すると　長い舌をペロペロ

喜んでいる白い蛇
かわいくて　かわいくて
とても楽しい時間
ふたりの時間

わたしの妹さん

あのね　お母さんのお腹の中に
赤ちゃんがいるのよ
えー　そしたらわたしは
お姉ちゃんになる
そうね
わたしはうれしくて
うれしくて跳ね廻る

オギャー

女の子

わたしの妹さん　こんにちは
五つ違いの妹さん　仲良くね
小さな小さな手を握って話しかける
顔いっぱい口にして
あ・く・び
かわいい　かわいい
妹さん

しあわせの時間

わたし　六歳
行ってきまーす
両手を大きく振って　学校へ
わたし　どんなにかわいかったことでしょう
わたし　一年三組
テストもたのしい

ただいまー
わたし　テスト百点

よかったね　どれどれテスト見せて
母がわたしの頭を　なでなで
どんなにうれしいことでしょう

ちゃーちゃん　ちゃーちゃん
まわらない口で
わたしを呼ぶのは小さな妹
わたしに抱きついてくる　小さな妹
しあわせの時間

満洲へ

わたし
大好きな学校が
苦になってきた
「ねえ　お父さん
このごろ　このこ
様子が変なのですよ」
「そうか
男子のいじめがあるらしい」
「このこまで

まさか」
「お母さん
転勤手続きを出そう」
お父さんは決断
外国への転勤届けを出してきた

小さな白い蛇と
お別れ
どうしたらいいんだろう

どうしようもありません
わたしは

泣くしか方法は
見つかりません
そして
わたしたちは
満洲へ

じゃがいもの旅立ち

旅立ち

小さな　じゃがいもが
三度笠をかぶって　旅に出ます
はりきっています
古里を離れるのは
ちょっぴり　さびしいけれど
小さな　じゃがいもは
まだ見ぬ世界を
早く見たいと
ころころ　ころころ

ころびながら
歩いてゆくのです
さあ

大連のマーチョ

博多から船に乗る
「間もなく大連です」
迎えのマーチョ　二頭立ての馬車
馬のお尻をピシッと叩くと　馬は走りだす
何度も　ピシピシピシピシャ
やめてください
馬がかわいそうです
泣きだすわたし
やめてください

新しい家

わぁー　レンガ造りのマンション
ここが　わたしの新しいお家
広い部屋もスチームで暖かい
部屋中を飛び廻るわたし
「敬子、日本のように一戸建てではないんだよ
下の人に迷惑にならないように　静かにね」
はーい
でもわたしは　うれしくてうれしくて
だってここは　わたしのあたらしいお家

満洲の小学一年生

満洲
五日目　わたしの登校日
まっ白な雪
和歌山のハラハラと降る雪とは大ちがい
ものすごい雪
降りつづく雪

父の大きな手にしがみつき
小さな胸をふくらませた

わたし
ギシギシと
雪を踏み締めて
わたし　満洲の
小学一年生

一年五組　山中学級
三十六人の瞳が　一斉に降り注ぐ
真っ赤になって　下を向くわたし
恥ずかしい
日本から来られた　鈴木敬子さんです
みんな仲良くするように

そっと顔を上げる　わたし
みんなが　笑顔で
わたしを見ています
かわいいわたしは
きっと
にっこり　笑ったことでしょう

転校

一年がすぎ
転校
そしてまた転校
また転校　下を向いたわたし
また転校　少し笑ったわたし
また転校　六年生になったわたし
でもたのしい学校生活

どの学校も

スケート靴を首からぶらさげ
背にランドセル
登校一番　スケートの歯磨き
大好きな一日の始まりの
おきまりのスタート

馬夫の愛

満洲の家は
どこも二重窓
窓と窓の間に
お肉などを置く
冷蔵庫不要

馬は滑り止めのついた
蹄鉄を穿き
おしっこも　うんこも

出た瞬間に凍りつく
馬夫はトンカチを持ち
出たそのとき　叩く
コン　ガリ　地面に落ちた
その大きな音は
馬への馬夫の
愛情の音楽

負け戦

念願の女学校に合格
満洲国鞍山市の大きな女学校

それから半年後
日本は戦に負けた

女学校も一時閉鎖
虐げられた満人が二つに分かれ
八路軍　中共軍が

ピュン　ピュン
鉄砲玉を飛び交わす
そして
満洲に攻めてくるロシア兵

終戦三日前のこと

ラジオの声

「三年生、二年生、一年生の順に並べ」
「一年生は一番後ろだ」
いつもと違う　おかしい
いつもは一年生　二年生　三年生と並ぶ
今日は逆だ
どうしたのだろう

「みんな静かに
今から

天皇陛下のお言葉があります」
一番後ろのわたしには
ラジオの声は
聞こえない
上級生のすすり泣く声が
聞こえる
「日本が負けました」

それから三日後
終戦

女学校からの連絡

敗戦によって
立場が逆転した　よって
婦女子は危険
外出は控えること

じっと　うずくまるわたし

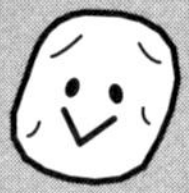

がんばる　じゃがいも

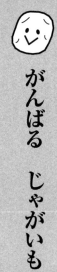

看護婦帽をかぶった　じゃがいも

まだまだ　子どものじゃがいもが
なんと
看護婦帽をかぶって
旅に出ます
みんなの役に立ちたいと
ころころ　ころころ
ころころ　ころころ
やっぱり　ころびながら
走ってゆくのです

がんばれ
がんばれ
じゃがいも
子どものじゃがいも

日本人は野蛮人

日本人は野蛮人
人が住んでいる土地に　戦争に
勝ったから　と
乗り込む
その人たちを
奴隷のように扱使《こきつか》う

わたしは　ずっと
日本は　日本人は

世界で一番すばらしい　と
自慢に思っていた

戦争に負けても野蛮人
あんなに威張っていた日本人
負けたら卑屈
強盗　強姦　毎日のごとく
残念　悔しい
とても　悲しい

十三歳の従軍看護婦

終戦から半年
まだ戦争は終わっていなかった
わたし　十三歳
北満のハルピンに
従軍看護婦として戦地に向かう
「看護婦の資格のない十三歳の女の子に
何ができるっていうんだろう」
母は泣いて　泣いて

「この千人針をお腹に巻いておくのよ」
「おいおいお母さん　戦地へ行くわけではないんだよ」

ぎゅうぎゅう詰めの列車
女学生八名の胸は
不安でいっぱい

壊れかけの兵舎
男の汗と血のにおい
傷ついた兵士の酷い様
軍服は裂け　吹き上げる血

あぁ　ここはまだ
戦争は終わっていない

十五、六歳の兵士たち
運ばれる童顔の兵士たち
「そこの女　血止めしろ」
「イタイ　イタイ・・・」
「おかあさん　おかあさん」
そして　間もなく
死んでゆく

死にゆく兵士

子どもまで
戦地に駆り出され
死んでゆく
目の前で死んでゆく人に
わたしに
何ができる
泣きながら見ているだけの
わたし

次々と運ばれてくる
傷兵
この人たちは　まだ
終戦を
知らない

壊れかけの兵舎
半年が過ぎ
それなのに
次々と運び込まれる　兵士
大半の兵士は
亡くなる

医師もいない　設備もない
この兵舎で
死んでゆく　若い男の子

ナイチンゲールになろう

わたしたちは
帰宅するときを迎えた
十三歳で出動し
十三歳で帰宅する

わたしは考える
日本に帰ったら　看護婦になろう
ナイチンゲールになろう

生き残ることのできた童顔の兵士

生き残ることのできた兵隊さんたち
軍からの支給　新しい下着　ワイシャツ　背広
軍帽だけは持ち帰りたい
汗まみれの千人針は宝物だ
汗と血で汚れた軍服
「両親に見せるんだ」
それぞれの思いがめぐる
苦しい戦いも
思い出となって

ふるさとへ帰ろう

船に乗った　じゃがいも

ふるさとへ帰ろう

ころがりながら
いっぱい　いろんなことを
体験した　じゃがいも

少し　おとなに
近づいただろうか
じゃがいもは
がんばった自分が
うれしくて　つい

ころり　ころり

そして　そして
ふるさとへ帰る旅が　いよいよ
始まる
うれしくて　うれしくて
ころころ　ころころ
ころげまわってしまう
じゃがいも

満鉄の列車

終戦から一年半の月日が流れ
引揚げの日が決まる

その日
鞍山の国鉄の駅
満鉄の機関車が
ギー　ギー　と走り出す
野を越え　山を越え
遠く続く広野が開け

走れど　走れど
右も左もなにもない
広野がただただ続くだけ

急ブレーキ！
馬賊です
馬賊だって？
惨事が静まり
いったいどれだけの時間が経ったのか
満鉄の機関車は　また
ギー　ギー　と走り出す

順番がくるまで

黄砂の中を走り続ける列車
コークスを焚いて　焚いて
やっと
終着駅に
そこは　生と死と
腐ったものと　人間のどよめき
引揚げ船の波止場
親子四人　ここまで来れた

ここまで来れた
あとは　あとは?

ありがとう

引揚げ船の順番がくるまで
約一か月半
仮設住宅で女子《おんな》どもだけで雑魚寝
男は外のござが寝床
不便の生活の中　でも
希望を持って
祖国日本をめざす者は
しあわせ
しあわせなのだ

希望と地獄

希望をもって
祖国日本をめざす

次の船は
なんと　軍艦
全て鉄でできている
甲板には出られない
ゴム靴がジュッと溶ける
船内も天井が焼けて

温度計では計ることができない
ほどの熱さ
でも　どこへも逃げられない
人間バーベキューになって
海へ飛び込めば
鱶《ふか》が大きな口を開けて待っている
それでも乗り込むか　それとも
次に出る客船で
祖国日本に帰るか
重大な課題が投げかけられた

みんな一晩

家族で話しあう　話しあう
あくる朝　決定
一日も早く祖国日本に帰りたい！

冷えると冷たい軍艦
兵士が使っていたままの軍艦
なんの設備もない
男のにおいばかり
殺風景
やかましいエンジン音
日本まで何百海里あるのか

波止場を離れ五時間
もう満洲は見えない
波が高くなり
台風発生！
大雨に焼けた鉄板　ジュー

台風が去り
軍艦はゆっくりと揺れて動き出す
太陽が照り
甲板はまた熱くなる
食事は燻製状態　腐ったにおいの五品
食べられない

出発して二日目
亡くなった方が大勢
水葬される
海中では鮫
大きな口をあけて——

六日間続いた
地獄の船旅

あれが祖国日本です

昭和二十二年四月九日
祖国日本が小さく
小さく見えてきた

軍艦はエンジンを止める
みんなでゆっくりと
祖国日本を味わう
父は泣いていた
みんなも泣いている

泣いて　泣いて
お別れです
船旅で亡くなった方へ
黙祷

ゆっくりとエンジンがかかる
日本
日本
近づいてきます　日本

ガチャと音を立てて接岸
この一瞬の思い

言葉にはならない思い
日本に一歩
足を踏み入れる
日本の土地に
わたしの足を

さようなら
良き時代の満洲
さようなら

じゃがいもの心の旅立ち

心の旅　さあ

じゃがいもは
また　三度笠
少し大きくなった
じゃがいもは
ごろごろ　ごろごろ
ころがって
心の旅に　出かけます

恋もして

いっぱいの　心の宝物を胸に
夢をかかえて
いい顔

いい顔のじゃがいも
胸張って
心の旅に
ごろごろ　ごろごろ
ごろごろ　ごろごろ

雨の日ばかりではない
雲の上には
青空がある

彼

彼は六人兄弟の末っ子
彼は美術学校へ行きたかった
でも

彼は家出をした
海南の野上電気鉄道の小さな駅
そんなあたりで
ヒッピーになった

そんなときわたしと
彼は出会い　恋をする
笑った彼の顔は
秋空のよう
清々しく爽やか
わたしの
大好きな彼の顔

ゴールデンボールふたつ

わぁおー
長男の誕生！
彼の喜びようったら
わたしたちふたりは
天から授かった宝物を大切に
感謝をこめて育てる旅に出かけます

そして　そして
次男の誕生！

ふたりの喜びようったら
彼はゴールデンボールをふたつも授かり　ご満悦
神様から預かった大切な赤ちゃん
大事に育てよう
神様にお返しするときは
神様が喜んでくださるように
いい子に育てよう

神様　ありがとうございます
ふたりとも
パパとママの子どもになってくれて
ありがとう

彼ほど

彼ほど　いい男性は　いない
こんなに　すばらしい男性は　いない
そりゃあ　ルックスもいい　それより
性格がすばらしい
どんなふうに？　ですか

いっぱいあるけど
彼は　自分のことより
他者《ひと》のことを考えてくれる

家族を喜ばせ　安心させる
側にいてくれるだけで
やさしさにつつまれる

お酒も飲まもず
タバコも吸わず
時間があれば　旅行をし
そして　一日中
絵を描いている

ああ　彼ほど
すばらしい男性はいない

家族音楽会

パパは尺八　ママは三味線
ふたりの息子　兄はバイオリン
弟はピアノ
なんて幸せな家族

公民館での音楽会
パパと兄の腕は抜群
弟は五歳　弟の出す〝ラ〟の音に
三人は音合わせ

顔見合わせ　ＯＫのサイン
さあ
わたしたち
一家四人の
コンサートの始まりですよ――

それから十年　それから三年

弟は大学を出て　三菱電機に就職
毎朝　靴音高らかに
元気いっぱいの出社

それから十年が経ち
三十四歳になった弟

二世帯住宅を建ててほしい　と弟
お前は大学を出ることができた

それに仕事で海外にも行っている
家を建てる贅沢はできない　とパパ
大学なんか行きたくなかった
有難迷惑だ　と弟

それから二年
二人の老後は　必ず僕がみるから
二世帯住宅で一緒に暮らそう

小さいけれど
わたしたちの家が建つ

一枚のメモ

そう　春うららかな朝
いってらっしゃい
いってきます
いつもと変わらない一日の始まり

ママ!
めずらしく大きな声のパパ
メモ用紙　一枚

「家を出ます」

わたしたちは
食事も喉を通らず
ただ　ぼんやりと
時を過ごす

黙りこくったまま
毎日　時が過ぎてゆく

小さな家族が

そう　電話のベルのあと
あなたは　飛んで出ていった
わたしは　わけもわからないまま
彼のあとをついて走る
ふたり　息もできないほどに
走る

着いたところは　植田さんち
猫の子が生まれた

アメリカンショートヘアー
小さな　ちいさな命
ミユミユミユ
小さな声
見えない眼
濡れたままの小さなからだ

彼とわたし　感動　涙　ああ
我が家の一員が増えた
ラッキー
わたしたちに　やすらぎを
与えてくれる　大切な娘　ラッキー

美大とへそくり

彼が美大を受験する
若い頃からの夢
受験票が届く
筆記試験と作品の提出
課題は　〝春〟
合格の極《き》めては油彩二作品
ヨーロッパ旅行のスケッチから
二作品を描く彼

パパ　おめでとう
敬ちゃん　お金がないのに
美大の入学金　それに油絵具
随分　お金かかっただろ
大丈夫　お金のことは気にしないで
どんどん　いい絵を描いてね

わたしは何も厭《いと》いはしません
無理をしているわけではなく
ふふふ　それは
〃へそくり〃から
でした

ラッキー

そう　二十一年間
ふたりと一匹は運命共同体
かたく結ばれています
猫のラッキー
人の年齢だと　なんと百十歳
まぁ　ラッキー
よく頑張っているのね
ラッキー　おはよう
ニャー

おいしい　じゃがいも　いかが

じゃがいもの明日

じゃがいもは
おいしそうないい顔した
大人になった

じゃがいもは
君が好きだよ
と言って
食べられる日を待っている

じゃがいもは
そんな明日のたのしみに
ゆったり　ほほえみ
旅を続ける

どこまで行っても
出あえない
明日をめざして

二〇一四年のバースデー

二〇一四年八月二十一日
わたしのバースデー
このベッドでふたり
愛をはぐくんで
「敬ちゃん　ハッピーバースデー」
「オサム　サンキュウ」
わたしたちは
ポールアンカの曲を聞いている

「敬ちゃんの誕生日は二十一日
だから　二十一の光を放つ
ペンダント」
いつの間に準備したのか
彼からのプレゼント

もうひとつのプレゼント
二十一色の灯りを照らすランプ
しずかに　うっすらと
灯を放つ
静かな曲　まるで子守唄のよう
夢なら覚めないで

修さん
帰ってきて
傍にいてね

恋をした

わたしの　こころは
やっと
彼とふたり
亡き夫と　ふたりの生活に
入る

あらためて　わたし
恋をした
もちろん　彼に

あらためて　わたしたち
恋人

I　LOVE　YOU

お茶を一服

彼が亡くなってから
少しずつ　身の廻りの片付け
娘時代の茶器一式
ひとりで茶を点て
ひとりで　いただく
なつめもふくさも懐かしい
彼との思い出がふくらんで

初めてのデート

二条城での野点
彼はというと
まったくマナーがなく
わたし　恥をかいたっけ
お茶を一服　仏前に供え
「修さん　いい香りでしょ」

ベッドはわたしの仕事場

ベッドの上には
ベッドより幅広い机
机の上には　右側にパソコン
なぜか　真ん中にプリンター
左側にはコンパクトミシン

明け方四時ごろまで
原稿執筆
思いついた衣装デザイン

コンパクトミシンでそれを具体化
編物のサンプルづくり

やること　やりたいことで
いっぱいになる　この部屋　このベッド
わたし　になれる　大切なひととき

単車の音　あっ牛乳配達のお兄ちゃんだ
さぁ　そろそろ　寝ましょ
そう　ラッキーに話しかけ　わたしの　一日の終わり

おやすみなさい

少し疲れているかも

わたしの　八十年の人生
喜び
悲しみ
憎しみ
怖れ
出会い
別れ
そして生
死

みなさんも　そうですか

わたしのように
淋しい淋しいと
つぶやいていますか

ほんの少し　わたしは
疲れているのかもしれない

わたしたち　いい関係

わたしは　ラッキーを抱きしめる
彼女は　それに応えて
ゆっくりと　目を閉じる
安心したように
リラックスモードで
わたしの腕にもたれてくる

わたしたち
なんだか

いい関係

もはやラッキーは
ネコでなく
もしかして　わたし自身
彼の愛したラッキー
彼を愛しているわたし
ですもの

おばあちゃん　しあわせ

子なし
孫なし
亭主なし
でも　しあわせ

愛猫ラッキーの　微かな寝息
空が　うっすらと　明けて
雀の鳴き声

午前五時
夏の朝は　明るく輝く
窓を開けると
雀が三羽
「おはよう」
「チュンチュン」
足元には　起きだしたラッキー
「ラッキー　おはよう」
「ニャー」
大きなあくびで
グッドモーニング

ああ　もう　たまらない
ラッキーを抱きあげ
「好き　好き　ラッキー
大大好き！」

少女になります

このごろわたし
満洲にいたころの
友人たちとの時間
一番　好きです

だって
少女に　なれるんですもの

大きな口をあけて大笑い

横浜に集まったのは
十二人
満洲時代の友人
みんな　八十を越えた　お婆さん
おたがい　女学校時代の面影もなく

ところが
話しだすともう　十二、三歳の少女
女学校に通学していたころの

あの初々しい　若さいっぱいの少女

ほんとに
楽しくて　おかしい　不思議な友
みんなして皺　シワ　皺　の顔
話しだすと　十代に戻っていく

そして
大きな口をあけて　大笑い

なつかしいやら
おかしいやら

きれいな花

そして
少女から　お婆ちゃんの話しへと
わたしね　オシメをしているの
わたしはね　入歯　イ・レ・バ
そして　また
大笑い

わたしの大切な宝物
胸のなかに涙がこぼれ

顔は大笑いしている
わたし

残り少ない人生に
きれいな花が添えられた

ありがとう　満友

老婆　ふたり

なんと
うれしいことでしょう
なんと
ありがたいことでしょう
こんなに　やわらかで
落ちついた気持ちで　いられるなんて

わたしとラッキー
ふたりとも老婆　ふふふ

母の言葉

「明日　泣きなさい」
結婚前夜に
母からおくられた言葉
明日　泣きなさい
明日になると
〝明日〟は〝今日〟になる
明日は永久に来ない
今日　泣き言をこぼすより
今日をしっかり生きて

明日　泣きなさい
今日は　泣いてはなりません
明日に　希望を
つなげなさい

父の言葉

老人にとって　終着駅まで来ると
リターンはないんだよ
まっすぐ暗いトンネルに入るんだ
トンネルに入ると　出てこれない
真っ暗闇が　ずっと続くんだ

でもいつかまた
トンネルに入った機関車が
真っ暗なトンネルをあとにして

出てくるのさ
そうさ　そのときはね
入っていった老人たちは
新しい命のボールになって
光の中へと　やってくるんだ

それじゃあ　ずーっとずっと
安心ね
わたしは　老人になっても
ずーっと　幸せね
ふふふ

HAPPY　END

ラッキーは
階段を二段跳び
負けてはいられない
わたしは
前進の一歩を踏みだす

百二歳まで生きた母
「わたしは百二歳まで生きました
あなたはわたしより　三つ多く生きなさい」

だから　わたしは
百五歳まで　生きる

ラッキーには
負けません
ナンダサカ
コンナサカ
イエイ

HAPPY　END
これが
結論

出来事

宇宙に存在するもの　すべて空
すべては　小さな小さな　粒子にすぎない
宇宙はひとつ
あなたも　あなたも　そして　わたしも
この宇宙の渦のなかで
小さな　一生を終える

またたきする一瞬の
出来事

桜舞う
新たな門出に
照れながら
ほほえむ　わたしの
思い出写真

おわりに

じゃがいもの旅烏　ありがとう

じゃがいもの旅
泥んこのじゃがいもが
ころがり　ころがり
生きてきた
おいしいよ
その一言を　ききたくて

友人が大切に育てた
じゃがいも

アツアツを　ふーふー
おいしいよ
小さな声で　伝えた

じゃがいもは
満足そうに　ほほえむ
そして　わたしの口のなかで
消えた

旅が終わった
じゃがいもは
思い出が　胸いっぱい

うれしい
やさしい思いのなかに
居場所を　見つけて
笑っている

ありがとう
おいしい　じゃがいも旅がらす

わたしとラッキーの旅は
これからも　ほんの少し　つづくはず

一〇五歳までは
たのしんじゃおう
なんて
思ったりもしている
このごろ

小池ともみ 人生の詩
じゃがいもの旅鳥

発行日
2021年5月20日

著　者
小池ともみ

発行者
あんがいおまる

発行所
JDC出版
〒552-0001　大阪市港区波除6-5-18
TEL.06-6581-2811(代)　FAX.06-6581-2670
E-mail：book@sekitansouko.com
H.P：http://www.sekitansouko.com
郵便振替　00940-8-28280

印刷製本
モリモト印刷(株)